Théodore Wåldo
Le journal d'un vagabond

Théodore Wåldo
Le journal d'un vagabond

par
Frédéric Darie

© 2018, Frédéric Darie
Éditeur : BoD – Books on Demand,
12/14 rond-point des Champs Élysés, 75008 Paris
Impression BoD – Books on Demand, Allemagne

ISBN : 978-2-3221-5876-8

Dépôt légal : janvier 2018

Photo couverture © Lorna Darie
Habillage Carl Carniato

Prologue

« Beausoleil à tous, je suis Théodore Wåldo

Je ne devrais pas être là… En tout cas, pas être là, comme ça.

Je sais déjà que la majorité d'entre vous, vont me prendre pour un fou mais je ne peux pas vous en vouloir, à votre place, je ferais pareil.

Je suis un visiteur, un peu particulier… Je viens de l'espace et je voyage à travers le temps…

Je sais qu'une telle annonce n'a rien de spectaculaire, tant elle a été galvaudée par la science-fiction. Mais cette fois : « This is for real ! », C'est bien réel.

Je viens de 2057 où j'ai 97 ans ce qui n'a rien d'exceptionnel et je voyage non pas à la vitesse de lumière, qui est limitée à 299 mille 792 458 mètres par seconde, mais bien plus vite que cela. Je voyage à la vitesse de la pensée, elle est instantanée et illimitée, sa seule contrainte est… Qu'il ne faut pas se perdre en route.

Les hommes empreints de spiritualité, ce sont longtemps fiés aux écrits sacrés qui déclaraient qu'au commencement était : Le Verbe. Ils y étaient presque… Mais on le sait à présent, au commencement était : La Pensée.

J'aurai le temps d'y revenir, puisque nous allons passer les quarante prochaines années ensemble.

En mai 2017, j'ai rendu publique l'existence d'un courant humaniste dont je suis le père fondateur et qui va engendrer une véritable mutation, philosophique, économique, culturelle, scientifique, écologique, spirituelle et même spatiale, non seulement de notre société mais également de nos consciences.

Et cela a marché ! Nous avons tissé ensemble un faisceau d'espoir qui en quelques dizaines d'années nous a mené vers une société plus juste et plus équitable, non plus basée sur la confrontation des idées mais sur l'union des volontés.

Mais... Il y a eu un problème... »

Le journal d'un vagabond

Acte 1

Paris, le 5 juillet 2013

Je m'appelle Théodore Wåldo. Aujourd'hui c'est mon anniversaire. J'ai 53 ans.

Je dirige une petite société dont le chiffre d'affaires, en 2012, s'élevait à 62 000 euros et dégageait une légère marge bénéficiaire. J'emploie également trois personnes de manière occasionnelle. Mais depuis le début de l'année 2013 et pendant 6 mois notre activité professionnelle, s'est quasiment interrompue. Nous avons eu à faire face à une cascade d'annulations, aussi brutales qu'inattendues, concernant nos principaux clients. La rapidité avec laquelle nous nous sommes retrouvés contraints d'abandonner notre logement pour ne pas basculer dans le surendettement a été foudroyante et c'est ainsi que nous nous sommes retrouvés avec nos deux enfants.

SANS DOMICILE FIXE

Cette réalité s'avère être une épreuve violente et sans concession. Nous avons été contraints d'entasser - je devrais dire « compresser » - nos biens mobiliers et personnels dans un garde-meuble. À l'heure actuelle notre seul toit est une vieille Renault et si elle venait à nous « lâcher », cela nous plongerait immédiatement - sur le plan de l'organisation quotidienne- dans un indescriptible chaos. Nous nous déplaçons avec 5 valises, 6 sacs à dos, 4 sacs de couchage, 4 tapis de sol, 2 cartons et une gerbille.

Aujourd'hui, la classe moyenne et travailleuse sombre dans la misère en partie à cause des prix prohibitifs du parc locatif. L'autre soir, gare Montparnasse, je me suis arrêté pour discuter avec une petite famille qui faisait la queue à la soupe populaire. Ils nous « ressemblaient » en plus jeunes. Le monsieur m'a expliqué qu'il avait un boulot, il gagnait un peu plus que le SMIC, mais que s'il voulait payer son loyer, il devait économiser sur le reste. Toute la famille dînait chaque soir de la semaine à la soupe populaire et ne prenait ses repas à la maison que le week-end...

Par bonheur nous bénéficions pour cet été d'une chaine de solidarité formidable grâce aux amis qui nous ont offert spontanément de nous héberger pendant les vacances. Mais que se passera-t-il ensuite ?...

Nos statuts conjoints d'indépendants font que nous sommes rejetés par les assurances-loyers que contractent tous les propriétaires... En septembre, personne autour de nous ne pourra héberger une famille de quatre personnes. Faudra-t-il alors envisager une scission de la cellule familiale ? Et comment organiser notre vie professionnelle dans ces conditions ?

J'assiste désemparé à l'engrenage d'un système qui plonge dans l'entropie un nombre croissant de personnes qui ne sont ni des marginaux, ni des réfugiés.

Je m'interroge sur les moyens à mettre en œuvre face à cette dérive qui entraine dans son sillage toutes sortes de dysfonctionnements sociaux et civiques : spéculations, abus de pouvoir des agences immobilières, arnaques via internet (visite payante, dépôt de garantie antérieur à la signature du bail...), emploi fictif et usage de faux comme seules possibilités d'accéder à la location...

Que ferons-nous à l'heure de la rentrée des classes ?

Paris, le 20 juillet 2013

Abasourdi… Ce n'est pas moi, tout de même, qui commence à écrire le « Journal d'un vagabond » ?

Valmondois, le 27 juillet 2013

Mon cher ami,

En un demi-siècle de vie, il m'est arrivé, quelquefois, de n'avoir pour toit que celui que la bonne fortune m'accordait. Cette bonne fortune prenait souvent le visage de mes amis qui me confiaient les clefs de leur demeure soit parce qu'ils partaient en villégiature, soit parce qu'elle était leur résidence secondaire.

De sorte que ma vie de sans-abri, j'étais alors – heureusement - célibataire, fut toujours remarquable, m'offrant à titre provisoire, un confort bien plus grand que je ne pouvais l'espérer.

Ayant toujours été particulièrement sensible aux ondes qui imprègnent les murs, j'avais deux façons d'aborder les maisons qui m'accueillaient.

En conquérant, profitant crânement des avantages qu'elles m'offraient, paradant dans le peignoir du maître des lieux avant de m'effondrer dans le canapé un « drink » à la main. Je jouissais alors des biens matériels mis à ma disposition, sans chercher à percer les murmurants secrets cachés dans la pierre. Ou en argonaute, cédant le pas à mes sensations, à l'écoute du moindre signe qui trahirait la présence d'une ombre passagère.

À Valmondois, j'étais neutre et si la nature biscornue de la maison m'amusait beaucoup, je ne ressentais pas l'engouement mystérieux qui transportait ma bien-aimée au contact de ces vieux murs chargés d'histoires…

L'après-midi du deuxième jour nous surprit, chevauchant les belles montures mécaniques restaurées par tes soins. Le vélocipède de mon amie grinçait comme un vieux gréement et en longeant le Sausseron, j'avais le sentiment de suivre une belle batelière à la fois Capitaine et figure de proue de son navire. Nous nous ravitaillâmes à l'épicerie du village avant d'aller boire un café chez « Les filles » dont le lieu et les projets artistiques nous enchantèrent. Ne pouvant nous résigner à prendre le chemin du retour, nous fîmes une incursion dans «l'arrière-pays», au-delà des cours d'eau, là où la forêt commence à gravir la colline. Un moment délicieux dont nous goûtions tout le sel, sachant que ce week-end à deux serait, de tout l'été, nos seules vraies vacances en amoureux. Le hasard, qui ordonne, parfois, si bien les choses, nous mena à une pancarte commémorative, elle indiquait comment Georges Huisman, habitant de Valmondois, fut à l'origine de la création du Festival de Cannes, en réaction – et cela je ne le savais pas – à la Mostra de Venise qui était devenue un outil de propagande pour Mussolini. Au gré de nos pérégrinations nous découvrîmes d'autres de ces points touristiques qui mettaient en lumière, combien ce petit village avait servi de refuge à de nombreux artistes, écrivains, hommes politiques et ô combien, l'émulation intellectuelle y était présente.
De retour à la maison et après un frugal repas, nous nous endormîmes dans la chambre du fond, cédant aux impératifs d'une sieste estivale.

Vers seize heures, j'ouvris les yeux et demeurais un instant dans cet état intermédiaire où la réalité se confond encore avec les rêves... Et subitement, je bondis littéralement hors du lit, réveillant en sursaut ma compagne. Mon cerveau reptilien avait agi avant même que je ne décide quoi que ce soit ! J'étais déjà en train de tendre la main vers un livre, au hasard me semblait-il et quelle ne fut pas ma surprise de découvrir qu'il s'agissait d'un ouvrage qui s'intitulait : « Georges Huisman par les témoignages de quelques-uns de ses amis ». Je l'ouvris et je tombais sur une lettre écrite par Georges Duhamel. Dans ce témoignage poignant, que tu dois certainement connaître, en proie à un certain vertige, je vis, au-delà des mots, la nécessité de faire perdurer, en ce monde, un combat humaniste et artistique au nom de la créativité humaine.

L'optimisme reste de mise !

Merci pour ton accueil.

Paris, le 1er août 2013

On bascule de la précarité à la pauvreté lorsque notre capacité à demander de l'aide disparaît. On se sent alors, tout juste capable d'accepter ce que l'on veut bien nous offrir et l'on mesure à quel point ils sont peu nombreux, ceux qui donnent sans escompter.

Paris, le 10 août 2013

Ce monde est fait pour ceux qui savent compter. Ils classent, ajustent, combinent le travail de ceux qui cherchent et de ceux qui créent, quitte à en dénaturer la forme pour en tirer le meilleur des profits.

Paris, le 18 août 2013

Je n'ai plus qu'une seule maison, elle est palpitante, mobile, imperméable et chevelue !

Paris, le 25 août 2013

« Moi, président ! » Je déclarerai la baisse immédiate et obligatoire de 45 à 60% du prix des loyers (selon les taux appliqués régionalement) de tous les biens immobiliers en location qui ont été soldés par leurs propriétaires et je mettrai dans les mêmes conditions, à disposition des personnes sans domicile tous les logements inoccupés et ce pour une durée minimale de trois ans reconductible. Je fixerai les loyers des appartements loués, mais en cours d'achat par leurs propriétaires, à un taux équivalent, en rééchelonnant le remboursement de leurs traites.

L'application seule de cette mesure relancerait le pouvoir d'achat de l'ensemble de la population sans pour autant spolier les propriétaires de la totalité de leurs revenus immobiliers.

Ceci semble être un préalable incontournable si nous souhaitons « refaire le monde »… Pacifiquement !

Paris, le 26 août 2013

La majorité de ce qui nous arrive est provoquée par une multitude d'actes insignifiants et ce sont eux pourtant qui mis bout à bout, déterminent notre devenir…

Valmondois, le 27 août 2013

Je ne peux m'empêcher d'être l'observateur attentif de ma propre dérive. Il est vraiment fascinant de voir qu'aspiré dans le gouffre bruyant et gigantesque de la vague scélérate de l'existence, la main qui gouverne reste ferme et déterminée. Au sommet des crêtes écumantes qui menacent de nous engloutir, je glisse en funambule sur le fil ténu d'un indicible espoir…

Paris, le 29 août 2013

Depuis que nous avons basculé dans le vagabondage, j'ai dénoté cinq types de comportements chez les personnes que je côtoie :

Les Sauveurs :

Dans leur regard il n'y a pas l'ombre d'une hésitation ni d'un jugement. Aucun apitoiement, pas de place pour le doute, ils proposent immédiatement des solutions concrètes : « Déjà, vous ne serez jamais à la rue parce que vous viendrez à la maison, je ne suis pas là de telle date à telle date, je vous laisse les clefs. Si vous voulez que je prenne les enfants à un moment donné, y a pas de problème et pour un logement je vais appeler untel... » et les voilà déjà en train de téléphoner. Ils ne vous lâchent pas, cherchent avec la même détermination que s'il s'agissait d'eux-mêmes ! Ils vous encouragent et vous soutiennent aveuglément et pratiquent avec une grande élégance l'art de la discrétion.

Les Compatissants :

On peut lire dans leurs regards et leurs propos une sincère désolation.

Ils vous assurent de leur amour et de leur bienveillance, leurs pensées vous accompagnent, ils imaginent aisément combien cela doit être difficile et se rappellent avec une certaine nostalgie les moments identiques qu'ils ont traversés. Ils vous assurent que vous connaîtrez des jours meilleurs et que le parti d'en rire est la plus saine des médecines. De leurs côtés, ils vont voir ce qu'ils peuvent faire et vous tiendront au courant... Ils sont prêts à agir, mais dans un cadre qui leur convient et ne bouscule pas leurs habitudes. Si vous leur demandez une aide concrète, ils sont prêt à vous l'offrir, mais avec une certaine réserve et sous certaines conditions et se voient souvent dans l'obligation de refuser.

Les Moralistes :

En général, leurs sourcils se relèvent, ils vous écoutent attentivement et l'on sent une distance qui se creuse au fil du récit ; leurs bouches se pincent, ils vous jaugent et anticipent déjà sur ce que vous allez bien pouvoir leur demander. Il y a chez eux, une indicible horreur à l'idée qu'une chose pareille pourrait leur arriver, mais celle-ci est rapidement balayée par la conviction que vous avez fait les mauvais choix, qu'il ne faut vous en prendre qu'à vous-même et ils se félicitent intérieurement de leur propre prévoyance. À grand renfort de conseils et d'analyses sur tout ce que vous auriez dû faire, ils proposent généralement de vous prêter de l'argent, mais se vexent et s'éloignent très rapidement si vous mettez en cause leurs convictions.

Les Fuyants :

Ce sont souvent des personnes qui font état de leur générosité et de leurs convictions humanistes dans la vie courante et dès lors que vous vous tournez vers elles… Elles sont désolées, mais il leur est impossible de faire quoi que ce soit… Dans d'autres circonstances cela aurait été possible, mais là vraiment…. Elles sont contraintes, retenues, empêchées, obligées et soudainement deviennent injoignables ! À l'ère de la communication, leur mobile ne capte plus, leur messagerie vocale a des problèmes pour enregistrer les messages, ils ont effacé leur carnet d'adresses, leur compte Facebook n'arrête pas de boguer…. En fait, après une succession de ratés, ils finissent tout simplement par disparaître !

Les Humains :

Un cocktail des quatre précédents selon la forme et selon le moment...

Valmondois, le 31 août 2013

Les temps sont devenus difficiles. Il est une guerre économique et silencieuse qui gangrène les peuples et enfante la misère.

La classe moyenne disparait. Une minorité est aspirée vers le haut et rejoint, tout au sommet, la caste des fortunés. Beaucoup sont des parvenus, d'autres ont spéculé sur l'immobilier, contribuant de près ou de loin à créer les pires inégalités : les prix ont non seulement dépassé notre capacité à acheter ou à louer une habitation, mais ils ont également anéanti notre pouvoir d'achat. Le reste de la classe moyenne est entrainée vers le bas, ce qui engendre une néo-féodalisation de la société. Une poignée de financiers et de nantis (les rois) monnaient notre planète sous le regard vaincu de nos hommes politiques (les bouffons) condamnés à composer sous la baguette des virtuoses de la finance. Ils s'agitent, mettent en garde, grondent, amusent et parfois même, déjouent les ambitions d'une ploutocratie qui spolie la classe travailleuse (les serfs) contrainte de partager inéquitablement avec les nouveaux riches (les seigneurs) les ressources qu'ils ont eux-mêmes générées.

Mais la révolte gronde, n'oublions pas que la démocratie actuelle a été fondée par des révolutionnaires. Nous ne laisserons pas notre démocratie tomber entre les mains de quelques affairistes, banquiers et spéculateurs qui, sous le masque corrompu de la légalité, monopolisent les richesses de l'humanité. Ils instrumentalisent les institutions et s'appuient sur la docilité des citoyens !

Oui, les citoyens sont dociles ! Oui, les citoyens sont respectueux des droits et des devoirs de chacun !

Mais les citoyens grondent !

Car si les peuples savent donner de leur sueur, de leur inventivité et de leur sang, c'est avant tout pour eux-mêmes qu'ils doivent être appelés à le faire !

Est-ce le cas ?

Travaillons-nous réellement pour le bien-être de tous aujourd'hui ?

Allons-nous laisser cette société jeter des familles actives dans la rue et maintenir dans la misère les plus démunis ?

Allons-nous continuer à courber l'échine pour nourrir l'appétit insatiable d'une minorité de privilégiés qui ne respectent même pas les droits les plus fondamentaux de l'Égalité : donner à chacun les moyens d'obtenir de quoi se loger, se vêtir et se nourrir !?

La société occidentale a atteint en partie son but, car nous vivons dans l'opulence. Nous produisons suffisamment pour nourrir l'ensemble de la population sur notre sol. Nous avons les moyens de loger dignement ceux qui cherchent un toit et suffisamment de vêtements pour que chacun soit correctement vêtu ! Dans les faits, nous ne manquons de rien. Nous ne sommes pas en guerre, les récoltes ne sont pas détruites par un cataclysme ! À vrai dire, nous surproduisons ! Tout est là ! À portée de main... Fabriqué, transporté, distribué par nous-mêmes...

Au nom de quoi n'y aurions-nous pas droit ?

Allons-nous continuer à laisser une poignée de monopolisateurs gérer pour leur unique profit, les biens des nations ? Allons-nous continuer à regarder une minorité se bâtir un empire souverain et se nourrir du sel de nos larmes, en nous spoliant de notre talent, de notre créativité et du fruit de notre travail !?

Il est temps de reprendre notre destin en main !

Nous avons les moyens de gérer cette surabondance dont nous sommes les principaux instigateurs ! Ne laissons pas des « comptables » s'accaparer de cette manne qui regorge de toutes les richesses produites par le peuple !

Nous disposons de tout pour le bien de chacun !

Le temps est venu de faire justice et de rétablir les droits fondamentaux de l'Égalité !

Oui ! Le temps est venu de s'appuyer sur le socle d'une Vème République bafouée, rançonnée, asservie par les barons de la finance pour créer un espace solidaire et créatif où la philosophie appliquée viendra supplanter une politique avilie, soudoyée, incapable de briser la spirale fatale qu'elle a elle-même initiée !

Oui ! Le temps est venu de se rassembler autour d'une **union évolutionnaire !**

Le temps est venu de passer d'un « État » à un autre, car on ne saurait juguler davantage l'évolution de la pensée, ni celle de la créativité qu'elles soient culturelles sociales ou écologiques. On ne saurait contenir davantage les aspirations humanistes qui nous appellent à transcender la démocratie par une évolution participative, humaniste et évolutionnaire.

Paris, le 1er septembre 2013

Après les grandes vacances, les gens rentrent chez eux et je peux me remémorer cet instant où, même si l'été s'est déroulé sous de merveilleux auspices, on retrouve son foyer avec une pointe de soulagement. Un soupir de contentement nous étreint et quelque chose en nous se relâche complètement, car nous sommes de retour : « à la maison ». Mais cette année, nous ne rentrerons « nulle part ».

Paris le 3 septembre 2013

Assurer la vie de tous les jours demande une telle énergie, un tel degré d'anticipation que se mobiliser devient impossible, même écrire est un combat. Chaque décision doit être anticipée, pensée, réfléchie… Le moindre oubli se paie « cash » concernant les déplacements et l'organisation. Entre nos abris de fortune, notre voiture, notre garde-meuble et notre bureau, notre vie quotidienne est devenue Héroïque !

Paris, le 4 septembre 2013

« Nous avons dîné tous les quatre au restaurant, une petite soirée en famille bien agréable... »

Sur le chemin du retour, nous goutions à la fraîcheur du soir et je rechignais un peu à l'idée d'aller m'enfermer derrière les écoutilles du « sous-marin », c'est ainsi que j'ai baptisé la loge étroite et humide qui nous sert de refuge en attendant...

Ma fille et moi marchions un peu à la traine, fidèle à son habitude, elle faisait des aller-retour en sprintant le long du trottoir. Sa manière de s'y prendre me laissait pantois ; les bras bien collés au corps, les genoux montant très haut, elle semblait prendre de la vitesse à chaque foulée : « Une vraie coureuse de quatre cents ! » Je la rejoignis auprès d'une fontaine de la ville de Paris, perchée sur le socle ou quatre cariatides sculptées soutenaient gracieusement un grand plateau d'où s'échappait un filet d'eau. Sa main en forme de coupe recueillait le précieux breuvage et elle me lança, entre deux gorgées avec un regard complice.

- Elle est potable.

- Oui... répondis-je d'une voix hésitante - il me semblait étrange d'affirmer une chose dont je n'étais pas tout à fait sûr -, mais il ne s'agissait pas d'une question.

- Ces fontaines ont été installées par Napoléon III à cause de la guerre m'énonça-t-elle très sérieusement. Elles étaient faites pour que tout le monde ait à boire et aujourd'hui encore, c'est grâce à elles que les gens sans maison, comme nous, ont de l'eau potable.

Elle me gratifia d'un sourire entendu, bondit sur le trottoir et se lança à la poursuite de sa mère et de son frère qui tournaient déjà à l'angle de la rue. Je fis quelques pas hasardeux et allai m'asseoir sur un banc public. Au loin, j'entendis l'appel discordant d'un corbeau, je redressais la tête pour suivre son vol, mais le ciel se troubla et les étoiles vacillantes se mirent à pleurer.

Paris, le 9 septembre 2013

J'écris sur le coin d'un journal : « *Les exclus basculent de la pauvreté à la misère lorsque leur orgueil disparaît et qu'ils se savent prêts à accepter n'importe quoi pour survivre.* »

Paris, le 13 septembre 2013

J'ai dans la tête un « happening » : tracer, sur le sol d'une grande avenue parisienne, les plans d'un appartement de 4 pièces, le meubler sommairement et y habiter quelques jours avec toute ma petite famille... Avec un slogan du genre : « Chacun cherche son toit ».

Peut-être devrais-je faire appel à des comédiens des rues ?...

Paris le 16 septembre 2013

Il lisait ma copie, discrètement certes, mais il lisait ma copie... Son regard glissant plaçait tout son corps de guingois, me donnant l'impression d'être suivi par un patineur négociant une courbe difficile. Il suffisait que je renifle ou que je bouge légèrement le coude pour qu'il se redresse brusquement comme un animal agacé par la piqure d'une mouche.

Je me tournais franchement vers lui et le gratifiais d'un regard bienveillant. L'homme portait un costume gris perle. Il était fin et plutôt gracieux. Son regard vif et brillant affichait une certaine malice et ses mains longues, fraîchement manucurées étaient posées, bien à plat, sur la table.

- L'union évolutionnaire ? dit-il la bouche en coin. Eh bien ! Dites donc, vous ne manquez pas d'« R » ?!....

Pris au dépourvu, j'identifiais son jeu de mots avec un léger temps de retard et acquiesçais d'un hochement de tête qui menaçait de se prolonger un peu trop longtemps.

- Effectivement répondis-je en me grattant la gorge, le (R) nous l'avons mis entre parenthèses, car avant d'être des insurgés, les évolutionnaires se donnent le droit d'être les instigateurs d'une extraordinaire mutation qui présagera l'humanité de demain !

En déclamant une telle extravagance, j'étais convaincu de passer à ses yeux pour un fou ou tout du moins pour un original.

- Et quelle sera-t-elle ?

- Qui ? répondis-je encore perturbé par ce que je venais d'énoncer.

- L'humanité de demain ?

- Oh !... Eh bien, elle sera... Elle prendra la forme d'une Concorde, une union des volontés, bâtie sur le socle de la démocratie et qui aura pour dessein de renouveler les idéaux si durement acquis par nos pairs !

- Vous parlez toujours comme ça ?

- Seulement entre dix et treize heures.

Ses mains n'avaient toujours pas bougé d'un iota et sa tête légèrement inclinée m'invitait discrètement à continuer.

J'eus le sentiment que le monde autour de moi s'étirait... Que ma vie basculait dans un roman... Seuls des personnages vivaient de telles situations ?

L'idée qu'il s'agissait d'un indic me traversa bizarrement l'esprit, mais après tout, qu'en avais-je à faire ?... Je lui expliquais mon désir d'agir, ma détermination à créer une « union des volontés » au-delà des clivages gauche-droite et des querelles partisanes. Je lui parlais des écarts intolérables qui se creusaient dans le sillon d'un ultra-capitalisme devenu incontrôlable, du néo-féodalisme et de la douleur qui grondait, tapie au cœur d'une misère grandissante. Je lui disais combien, à mon sens, le collectivisme et ses dérives totalitaires étaient un leurre dépassé et qu'il fallait se réapproprier notre liberté d'entreprendre, de créer, de transmettre !

Je me levais pour lui dire : « La liberté de s'enrichir n'est pas tabou ! Il faut simplement qu'elle soit proportionnellement égale à l'éradication de la pauvreté et de l'ignorance ! »

Je lui annonçais ensuite, sous le ton de la confidence, que j'avais commencé à plancher sur des mesures précises et draconiennes que je regroupais au sein d'un premier manifeste...

- Et ce manifeste est-il lisible ?

- Eh bien... Il me semble que, pas plus tard que tout à l'heure, vous étiez en train de l'étudier par-dessus mon épaule ?

- Si vous souhaitez que la chose devienne publique, il va falloir vous y faire jeune homme !

Je considérais mon interlocuteur avec circonspection. Il devait avoir plus ou moins mon âge et semblait appartenir à une vieille caste d'aristocrates chrétiens. Ayant brûlé mes derniers a priori sur l'autel du nomadisme, je lui tendis les feuilles d'écolier que j'avais griffonnées à la main.

- Ce n'est qu'une première ébauche dis-je en regrettant presque aussitôt de me justifier. Il reprend certaines idées que je viens tout juste d'esquisser avec vous...

Il sortit une paire de lunettes en écailles de la poche intérieure de son costume et en chaussa un nez qu'il portait long, fin et gracieusement retroussé. Il toussota et se mit à lire en agitant les lèvres comme s'il marmonnait une prière et je sentis un petite boule d'angoisse croître au fond de ma gorge...

L'union évolutionnaire
« Une pensée et des actes »
par Théodore Wåldo

ACTE 1
Ågir - **C**réer - **T**ransmettre - **É**voluer

L'union évolutionnaire est un courant de pensée qui a pour vocation de redéfinir l'échiquier politique actuel. Il propose une véritable mutation sociale, culturelle, économique, scientifique, écologique...

L'union évolutionnaire propose un changement radical, démocratique et pacifique :

Radical, car l'urgence de la situation commande des actions concrètes et immédiates.

Démocrate, car nous souhaitons prendre en considération la volonté et les aspirations de tous les citoyens.

Pacifique, car en ces temps difficiles, la violence et la confusion creusent à n'en pas douter le sillon des pires tyrannies.

Les évolutionnaires sont déterminés à créer une « union des volontés », au-delà des clivages gauche-droite et des considérations partisanes, en plaçant l'épanouissement de la personne humaine au cœur de leurs intentions.

« Penser collectif » *n'implique pas de renoncer à la liberté d'entreprendre, de créer, de transmettre ou même à celle de s'enrichir si le bénéfice de chacun demeure proportionnellement égal à l'éradication de la pauvreté et de l'ignorance !*

Nous nous devons de travailler à la conciliation des esprits plutôt qu'à l'opposition des idées. Il y a, à gauche comme à droite, des hommes et des femmes pour qui l'humanisme, la philosophie, la créativité, la spiritualité et le pacifisme conduisent pleinement à l'épanouissement d'une nation. C'est à ces cœurs, à ces âmes, à ces esprits que L'union évolutionnaire s'adresse. Hommes et femmes de tous horizons, de toutes classes sociales, le temps est venu de se libérer de toutes nos obédiences, le temps est venu de tisser un faisceau de pensées libres et solidaires, convergentes et unies, pour briser le cercle délétère de l'exercice du pouvoir.

Il va de notre responsabilité d'agir vite et fort ! De mettre un terme à une guerre qui a été déclarée, il y a des années, lorsqu'il a fallu tout reconstruire au milieu du XXème siècle. Une guerre stratégique qui s'est larvée dans le sillon des trente glorieuses, une conflagration économique dont les victimes aujourd'hui se comptent par milliers. La terre en porte déjà les stigmates et les peuples sont en première ligne. Si nous ne stoppons pas immédiatement cette folie, cette goinfrerie qui s'est emparée d'une minorité toujours plus avide de nos richesses et de notre patrimoine, ce sont les fondations *mêmes d'une humanité, rongée par des valeurs devenues illusoires, qui s'effondreront sur elles-mêmes.*

L'union évolutionnaire propose la mise en œuvre de quelques mesures concrètes et immédiates qui constitueront la genèse d'une mutation profonde de l'ensemble de notre société.

Si nous souhaitons refréner un légitime soulèvement populaire et garantir la paix par la reconstruction de nos valeurs démocratiques, il nous faut impérativement rétablir la justice sociale. Ces « préambules » seront soumis à débat lors de réunions ponctuelles et via les réseaux sociaux.

***

Après quelques minutes qui me parurent une éternité, il me sourit en reposant les feuillets sur la table du bistro. Il laissa le silence s'installer, ce qui ne me gênait pas le moins du monde. En tant qu'intervenant spécialisé en « vulnérabilité humaine », j'en prônais souvent les vertus.

- Les idées sont là, mais la forme est confuse dit-il en levant un sourcil circonspect.

- C'est vrai, j'hésite entre lui donner la forme d'un manifeste, plus formel ou de créer un buzz sur internet, en mettant mon journal en ligne…

- Pourquoi ne commenceriez-vous pas par réunir des petits groupes de discussions autour de vous ? Des gens très différents, mais qui auraient en commun, l'intérêt qu'ils portent à votre démarche ? Il va bien falloir mettre à l'épreuve de la discussion tous ces articles un peu confus. Puis développer ! Élargir ! Creuser ! Débattre…

Il s'animait, une de ses mèches si bien ordonnées finit même par se détacher des autres pour accompagner en rythme ses propos. Il se reprit, se recoiffa et se leva soudainement très pressé.

- Je dois y aller, dit-il un rien solennel. Je suis ici tous les jeudis entre quatorze et seize heures. Tenez-moi au courant.

Il s'inclina - c'est tout juste si je n'entendis pas claquer ses talons - et s'éloigna d'un pas sec et nerveux.

« Étrange personnage… » songeais-je en regardant sa silhouette en contre-jour s'éloigner et disparaître dans la lumière… Comme si cette rencontre n'avait été que le fruit d'une illusion.

Paris le 15 octobre 2013

Notre mansarde, au septième étage, sous une toiture en zinc, fait un peu moins de quarante-cinq mètres carrés. C'est un appartement encore sous le coup de la loi de 1948 et dont la locataire est en maison de repos, nous offrant ainsi un lieu où passer l'hiver. Et si les toilettes « à la turque » servent également de douche et de salle de bain, il faut reconnaître que depuis que nous avons rétabli l'eau chaude et réparé une vitre brisée, il se dégage de ce petit nid un grand sentiment de calme et de sérénité. Dans cet espace confiné, où l'on se cogne souvent, naît aussi une sensation de chaleur et d'humanité. Sans wifi, ni télévision, les regards, les gestes et la parole reprennent leur place. Des instants uniques se tissent autour de plaisirs simples qui redonnent un sens à notre raison d'être. Alors je lis, j'écris, je réfléchis…

Même si je suis souvent rappelé à l'ordre par notre vie quotidienne : un espace réduit commande une discipline de fer, comme sur un bateau, il faut optimiser le lieu, ranger et laver au fur et à mesure pour ne pas se laisser déborder, anticiper sur les provisions, sans pour autant bénéficier d'endroits appropriés pour les stocker. Je redécouvre également, les joies de la laverie automatique et de la vaisselle faite à la main….

Le 5 novembre 2013

C'est parti ! Je lance les invitations! Les premières réunions de travail et de réflexion au sein de l'union évolutionnaire vont pouvoir commencer !

Le 12 novembre 2013

Je suis surpris par les rencontres que j'ai faites ces derniers temps. Je m'étais préparé à faire face aux rires et aux sarcasmes, je m'attendais à une déconsidération condescendante et cynique, il n'en fut rien. De droite, de gauche, apolitique, à ce stade pourtant encore embryonnaire, L'union évolutionnaire m'a semblé lever un voile sur les espoirs en berne des déçus de la politique... Ils admettent que nous nous démarquons des autres collectifs, partis, associations, fondations et autres courants humanistes, car nous ne proposons pas de composer avec une République instrumentalisée par les partis et phagocytée par la finance. C'est le remaniement de nos institutions qui nous libérera de l'emprise des banques, c'est la refonte du parlement et une simplification de la répartition des pouvoirs : législatif, exécutif et judiciaire qui nous permettra de nous extraire de cet embrouillamini de lois et d'amendements qui paralyse notre nation.

Il est primordial d'abroger pour mieux reconstruire !

Notre République n'est plus garante de notre démocratie. Il existe aujourd'hui dans le monde, plus d'une centaine de régimes républicains, tous ne sont pas démocratiques, il existe par ailleurs une trentaine de royaumes et de sultanats et quelques principautés. L'idée de la création d'une Première Concorde Universelle pose les bases d'un renouvellement de la nation qui reste indissociable des droits de l'homme et du principe de la démocratie. Il s'agit d'une évolution naturelle qui nous porte vers un changement rendu obligatoire par le climat délétère qui s'est larvé au cœur des institutions républicaines. Il serait réactionnaire de s'accrocher à un symbole, aussi porteur fût-il, dès lors qu'il ne respecte plus l'égalité entre les Hommes.

C'est de l'union des forces humanistes et citoyennes de ce pays… Du rassemblement de tous, artisans, commerçants, artistes, prolétaires, étudiants, intellectuels, hommes de lois, de lettres, de sciences… Qu'émergera une nouvelle manière de gouverner notre pays.

Le 21 novembre 2013

Que se passe-t-il entre le moment où un concept naît dans l'esprit d'une personne et celui où il se réalise ? Qu'en ait-il de la mise en commun d'une idée aussi ambitieuse que de « changer le monde ! » et la mise en œuvre concrète de son accomplissement ? Je réalise que je partage avec mes concitoyens une expérience organique autour de la naissance d'une idée. En fait, nous sommes des « alternautes », nous pratiquons ce qu'il conviendrait de nommer une expérimentation « bio-ethnologique ». Nous mettons en pratiques nos idées en nous affranchissant de nos doutes. Ce sont nos expériences personnelles et communes qui façonnent nos actions. Notre but est sans fin, car il se réinvente au fur et à mesure que se déroule le chemin, nous explorons par la pratique des alternatives, sociales, culturelles, politiques, philosophiques, artistiques…

Le 28 novembre 2013

- Mais qu'ils fuient nos capitaux ! hurlai-je sans même m'asseoir. De toute façon, ils sont déjà tous quasiment partis ! Vous savez, aujourd'hui, il suffit d'appuyer sur un bouton pour que des milliers d'euros se retrouvent instantanément dans une banque à l'autre bout de la planète. Quant aux « cerveaux » ? Vous pensez réellement que nous manquons de « cerveaux » en France ? Détrompez-vous, la majorité d'entre eux accepteraient d'œuvrer dans une société si seulement elle était plus juste et plus fraternelle. Liberté, Égalité, Fraternité sont aujourd'hui des mots gravés dans le marbre d'un monument dédié à la mort de la République, des glyphes dépossédés de leur pouvoir magique ! Redonnons du sens à nos valeurs, éradiquons la misère et vous verrez que personne n'aura plus du tout envie de s'enfuir !

Nous nous étions retrouvés dans le même café que la dernière fois. Il m'attendait, toujours aussi élégant, un journal à la main. Sans un mot, il avait pointé du doigt un article qui brandissait la menace d'une fuite des capitaux et des cerveaux si la France se décidait de taxer encore plus les grosses fortunes J'avais réagi instantanément, avec un peu trop de véhémence à mon goût. Je travaillais pourtant avec acharnement sur la maîtrise de mes émotions lorsqu'il s'agissait de tenir une discussion politique.

- Hummm... Vous semblez en colère qu'est ce qui ne va pas ?

- Ce qui ne va p... Non mais dites donc, vous avez fait psycho en huitième langue ou quoi ? Il me fixait avec ce regard dépourvu de jugement qui contribuait à ce qu'on lui accorde, sans même y penser, toute notre confiance - Je lâchai prise - C'est un bide ! dis-je, la mine contrite, en m'asseyant face à lui. Je n'arrive même pas à mobiliser durablement mes premiers cercles de relations, les gens s'enthousiasment et disparaissent. Je suis seul. Je n'arrive pas à me décider à mettre mon journal en ligne. À quoi bon jeter une bouteille de plus à la mer ?...

- Vous avez déjà été membre d'un parti politique ?

- Et vous ? Vous êtes membre de la STASI ou plus probablement de la DCRI ?

L'homme esquissa un sourire.

- Pour que la DCRI s'intéresse à vos activités, il faudrait qu'elles aient déjà commencé. Ce qui ne semble pas être le cas - il posa sa main sur mon avant-bras - détendez-vous, je suis chasseur de papillon et en cela passionné par l'éphémère - en voyant que je faisais la moue, il crut bon d'ajouter, à l'échelle cosmique ou nanométrique. L'être humain se situant quelque part entre les deux. Et sinon, à part ça, je suis prof à science-po.

- Mouais... Marmonnai-je pour dissimuler que j'étais ravi de recueillir quelques confidences de sa part.

- Vous êtes conférencier, formateur, vous savez prendre la parole en public... Visitez des partis, participez à des collectifs, débattez de vos idées. Vous voulez passer à l'acte ? Mettez en application votre fameuse expérimentation « bio-ethnologique ». *Agissez ! Créez ! Transmettez* vos idées, si vous souhaitez réellement une *Évolution* de notre société ! L'union évolutionnaire n'est encore qu'un gamète inaccompli, une somme de probabilités, un amas de conjectures possibles...

- Vous buvez quoi ? dis-je en imitant le langage préado de mes enfants. Il me fallait gagner du temps afin de démêler ce flot de suggestions.

- Rien ! Je me nourris de l'instant présent dit-il en souriant et il s'évapora sous mes yeux.

Je regardai ma montre et notai dans mon carnet l'heure exacte de sa disparition. Face à des situations surnaturelles, il fallait faire preuve de pragmatisme.

Le 1ᵉʳ décembre 2013

Ce matin, j'ai laissé mon squelette dans mon lit. J'ai passé une journée très flasque, mais très reposante.

Le 2 décembre 2013

C'est décidé, je vais m'intéresser aux comportements de l'espèce humaine dans la jungle des partis et des collectifs politiques !

Le 21 décembre 2013

C'est décidé, je ne vais plus m'intéresser aux comportements de l'espèce humaine dans la jungle des partis et des collectifs politiques !

Le 22 décembre 2013

- Si je vous suis bien, la Philosophie appliquée se substituerait à la Politique !

Il avait une vapoteuse et cela lui seyait plutôt bien. Ces propos, enveloppés de volutes de vapeurs tourbillonnantes - qu'il exhalait tant par le nez que par la bouche - donnaient à notre conversation une ambiance de vieux troquet parisien du début du XXᵉᵐᵉ siècle…

Benjamin, c'est ainsi qu'il se nommait, s'était détendu. Il était en bras de chemise, la cravate légèrement dénouée et ses yeux gris bleu pétillaient derrière ses lunettes.

- C'est cela ! répliquai-je sur la défensive sachant le sujet brûlant.

- Et qu'entendez-vous par philosophie appliquée ?

- Faire de l'ensemble de nos connaissances et de la sagesse humaine les outils de notre destinée et passer d'une philosophie de salon, à une philosophie « impliquante » !

- Mais n'est-ce pas ce que nous faisons déjà ?

- Absolument pas ! Cela fait trop longtemps que nous confions notre avenir à des gestionnaires, des comptables, des professionnels de la politique qui se payent sur nos idées et s'accrochent au pouvoir. Mais la personne humaine ne se gère pas comme un stock de marchandises ! C'est cette dérive qui doit cesser. Il existe d'autres manières de produire et de travailler ensemble. C'est à chacun d'entre nous d'être des *artisans du savoir*. L'artisan est maître de son œuvre, il la construit de toutes pièces. Elle devient l'expression de son talent, de son savoir-faire et aussi de ses faiblesses dont il tire connaissance. C'est cela : la philosophie appliquée.

- Et où en êtes-vous de vos explorations politico-ethnologiques ?

- J'ai souvent découvert du cœur derrière les idées.

- Le cœur c'est bien beau, mais ne croyez-vous pas que c'est de raison dont nous avons le plus besoin !

- Cette obsession qu'a la raison de vouloir absolument se dissocier du cœur marmonnai-je en regardant la table, cela enfante les pires extrêmes et enferme l'humanité dans le plus funeste manichéisme ! Je levai mes yeux vers lui en souriant, le bien/le mal, le jour/la nuit, le cœur/la raison… Tout ceci bout dans la même marmite ! Et c'est pour cette raison que la soupe est bonne, alors je crois qu'il est temps de commencer à la servir ! Cela fait six mois que j'ai commencé à coucher mes idées sur le papier, je vais en faire un blog et le mettre en ligne dès le début de l'année 2014, je verrai bien ce qu'il en ressortira.

- « Celui qui combat peut perdre, mais celui qui ne combat pas a déjà perdu. » lança-t-il, en faisant signe au garçon que sa coupe de champagne était vide. Bertold Brecht conclue-t-il dans un sourire.

Le 25 décembre 2013

Le mot "ressasser" se ressasse lui-même, que vous le lisiez de gauche à droite ou de droite à gauche...

Alors, cessons de "ressasser" nos chagrins, nos regrets et nos peines, mettons-nous à "rêver", lui aussi se lit dans les deux "sens" ! Nous retrouverons du "pep" et nous serons "pop" ! Je vous assure que ce n'est pas un "gag" les "stats" le prouvent !

Hum.... je me sens mieux tout d'un coup !

Allez… À l'année prochaine !

L'union évolutionnaire

Acte 2

En juillet 2014, après sept mois d'un combat acharné, après avoir obtenu le droit au logement opposable et réalisé que c'était un leurre, après avoir fait lire « Le journal d'un vagabond » à certains politiques et reçu leur appui, après avoir convaincu une responsable des services sociaux d'une mairie d'arrondissement de la gravité de notre situation et alors que j'étais prêt à me lancer dans une réquisition citoyenne et à tourner un reportage sur notre situation…

Notre dossier est passé prioritaire. Et quelques semaines plus tard… Nous étions logés.

Si je vous livre ces informations de manière si abrupte c'est qu'aujourd'hui, le besoin d'oublier a surpassé la volonté d'écrire et que la désillusion morale a atténué la joie d'être sauvé.

Je « sais » l'art de la parole, je manie celui de l'image et de l'écrit et nous avons su incarner avec conviction notre volonté de nous en sortir ! Nous avions les ressources intellectuelles pour nous opposer aux aberrations d'un système dont les rouages ce sont tellement complexifiés qu'il est quasiment impossible d'obtenir gain de cause dans des délais raisonnables. Mais qu'en est-il de ceux qui ne possèdent pas ces aptitudes, qu'en est-il de ceux qui se contente de faire confiance en s'en remettant à la fatalité ?

Ils passeront au moins dix ans dans les couloirs de l'espérance…

À vrai dire, l'après-combat a été encore plus violent que le combat lui-même et je n'arrive pas à me défaire de cette idée que pour la première fois, depuis que je mène ma vie d'adulte, je vis dans un endroit que je n'ai pas choisi.

Heureusement, l'appartement est plaisant et le quartier très vivant. Un joyeux mélange de génération et de culture, suffisamment brassé pour éviter l'effet ghetto. Il y a bien sûr quelques zones de « deal », inévitables aux abords des cités, mais la vie est plus familiale que délictueuse...

Un an et demi s'est écoulé durant lequel, j'ai été incapable de reprendre la plume.

Un an et demi d'un combat physique et mental, suivi d'un effondrement organique et moral.

Mon corps et mon esprit ont réclamé leur dû.

Je me sens encore comme un insecte pétrifié, inséré dans une boule de verre, incapable de fuir ou d'attaquer... Des mois que je suis comme paralysé, à me demander si les choix que nous faisons découlent de notre unique volonté ?

Quel est le sens de notre destinée ?

Est-ce un donjon qui s'effondre et dont les blocs disloqués, victimes du hasard, subissent les lois de la gravité ou est-ce un phare qui se bâtît et dont chaque picrrc trouve sa place en venant s'imbriquer l'une dans l'autre ?
Je ne connais pas la réponse ... Et si je n'ai pas encore retrouvé le courage d'agir, je dois au moins retrouver la force d'écrire...

***

Benjamin insistait depuis quelques semaines pour que nous reprenions nos échanges.

- C'est bon ! Tu as suffisamment léché tes blessures, si tu continues tu vas entretenir ou aggraver l'infection me lança-t-il sans préambules ce lundi matin.

- Je ne savais pas que tu étais vétérinaire !

Étant restés en contact étroit pendant cette période si difficile, nous avions fini par nous tutoyer.

- Pas véto, mais Docteur ès sciences !

Nous nous trouvions dans « notre » petit troquet, place de la Réunion dans le XXème arrondissement, un nom évocateur s'il en fut !... L'endroit offrait une petite esplanade tracée en cercle et joliment arborée, il y trônait en son centre une fontaine orange estampillée de pastilles autocollantes, multicolores... Ce lieu évoquait pour moi l'agora avant qu'elle ne soit corrompue par l'arrivée des marchands, un lieu où les citoyens venaient s'exprimer librement et échanger plutôt que vendre. Cela ne m'empêchait pas, pour autant, d'y faire mon marché tous les dimanches matin !

- Je t'ai organisé une rencontre, lâcha-t-il dans un sourire, rassure-toi, tout ce qu'il y a de plus intime. Ce sont deux amis à qui j'ai fait lire ton journal et les préambules. Ce serait vendredi soir chez moi. Je dus faire une grimace genre plissement de nez ou torsion de lèvres, car il rajouta, tu n'es pas obligé, mais c'est une psychiatre et un ancien commissaire de police qui a monté sa propre boite de sécurité et tu verras, ils sont adorables.

- Super ! Quand la première m'aura déclaré fou, le deuxième n'aura plus qu'à me faire embarquer !

- Absolument ! lança-t-il ravi, je prends donc ça pour un « oui ».

L'appartement de Benjamin était somptueux, cent trente mètres carrés d'un joyeux mélange d'art moderne inséré dans un cadre Haussmannien. Il avait acheté son bien avant que la folie spéculative ne s'empare de tout un chacun et y accueillait souvent des amis artistes en des « résidences » improvisées. Le dîner s'était déroulé avec une sorte de joyeuseté guindée et je regrettais déjà d'être venu quand Natacha, tout en réajustant le chignon formé par sa lourde chevelure brune me dit en me toisant de son regard sombre :

- Donc vous vous proposez d'abolir purement et simplement la Vème République et de… comment dirais-je…d'instaurer une 1re Concorde Universelle et démocratique. C'est un véritable coup d'État !

- Il ne s'agit pas de prise de pouvoir, mais de métamorphose répondis-je, heureux d'entrer enfin dans le vif du sujet. Les évolutionnaires se proposent d'accéder aux plus hautes fonctions de l'état par la voie des urnes, par le suffrage universel, pas par la force ! Les évolutionnaires seront désignés par le peuple dans le but de transformer un système à l'agonie. La 1re Concorde Universelle, sera bâtie sur le socle de la République, il ne s'agit pas d'en renier les fondements, mais plutôt d'en transcender les idéaux. La machine républicaine n'est plus qu'un vieux tacot toussoteux pour lequel plus personne ne sait fabriquer les pièces ! Une institution phagocytée par ses propres dysfonctionnements, étouffée sous le poids des lourdeurs administratives et par la surmultiplication des recours et des amendements, même les juristes y perdent leur lucidité. Un élu animé par la plus noble des convictions, autour d'un projet parfaitement abouti, passera des années à se débattre et se perdre dans ce labyrinthe législatif, s'il ne s'écroule pas avant, terrassé par le découragement !

- Et vous proposez quoi ? lança l'ex-flic de sa voix toute éraillée tout en sirotant son Bushmills de seize ans d'âge.
- Un processus, long et douloureux enclenché par des mesures drastiques qui vont vous sembler aussi irréalistes que l'était pour certains la mise en place de l'enseignement obligatoire !

- Vous travaillez toutes vos intros ou quoi ? lança Natacha un brin ironique.

- Vous avez raison ! Un réflexe de conférencier rompu à l'exercice de l'amphithéâtre répondis-je amusé avant d'enchaîner plus sérieusement. Premièrement, il nous faut briser l'illusion collective dans laquelle nous nous sommes enfermés. Ne perdons pas de vue que le monde est en partie ce que nous en faisons et que l'être humain a toujours eu besoin de croire en quelque chose pour se sentir exister. Du culte voué aux premières pierres « tombées du ciel » en passant par le polythéisme et jusqu'à la foi en un dieu unique, par le biais d'idéologies en tout genre, l'homme poursuit toujours une petite lumière qui semble briller à l'intérieur comme à l'extérieur de lui-même. Si proche et si lointaine… Mais en Europe avec le XXème siècle, les deux guerres mondiales et la révolution industrielle, les vieux mythes gravés sur le marbre ont pris un coup dans l'aile ! Le confort matériel, la consommation, l'hyper communication et le culte de l'image sont devenus les enjeux principaux de notre réalisation personnelle et en guise de spiritualité, nous nous patchons des dogmes religieux découlant pour la plupart, uniquement de nos racines culturelles. Nos rêves sont devenus virtuels, nous allons jusqu'à augmenter la réalité afin de rendre encore plus efficace un consumérisme que nous imaginons salvateur ! Dans les faits, nous nous sommes sciemment assujettis à un souverain unique qui possède des temples dans le monde entier et qui exige chaque jour son lot d'offrandes et de sacrifices humains, un despote devenu aussi immatériel que Dieu... conclus-je, en laissant planer le suspense…

- Benjamin s'était installé un peu à l'écart sur un fauteuil Louis Philippe retapissé d'un tissu multicolore, il vapotait et son sourire satisfait avait quelque chose de rassurant.

- L'argent… grogna l'ancien commissaire d'un ton déçu.

- Eh oui ! répondis-je sur un ton également contrarié. L'éternel cliché ! Mais attention… renchéris-je en levant les deux mains en l'air comme pour prouver que j'étais désarmé, loin de moi l'idée d'en faire « le » bouc émissaire des malheurs du monde ou d'en prôner l'éradication, nous ne sommes pas encore assez mûrs pour cela, précisais-je dans un sourire. Mais il nous appartient de dénoncer l'argent comme objet de culte, de fantasmes, d'avilissement et de le ramener à sa seule raison d'être : un outil ! Un outil de partage destiné à faciliter la réalisation des savoirs humains et à rendre équitables les choses que nous transmettons, fabriquons, inventons…

- De toute façon, l'argent n'existe même plus, déclara spontanément Natacha… au regard de l'échelle de la dette, c'est toute la planète qui vit à crédit. Même les grandes fortunes sont calculées sur des sommes dilapidées que personne ne possède réellement !

- Absolument ! m'exclamais-je ravi de me découvrir une alliée. L'humanité est victime d'une pandémie, elle est atteinte par le virus du *cupitalisme*, les malades se retrouvent dépendant d'un syndrome d'avidité chronique qui les condamne à accumuler toujours plus de richesses. Un virus tellement puissant que les 10 % de la population atteinte suffisent à détruire le reste de l'humanité !... La question est donc : que faire face à un virus qui menace la planète entière ?

- Il ne passera pas par moi ! clama spontanément Benjamin depuis son fauteuil en reprenant le slogan d'un vieux spot publicitaire contre le SIDA.

- Joli ! Mais inexact. Comme je le disais, nous ne sommes pas encore prêts à nous passer d'argent.

- On le stoppe ? tenta dubitativement le commissaire.

- Exactement ! m'enthousiasmais-je, on le bloque, on le limite, on fixe des contours au-delà desquels, il nous appartient d'agir…

- Sauf que la question n'est pas là, marmonna le chef d'entreprise en se tortillant sur son siège, allez dire à quelqu'un que son salaire et ses bénéfices seront limités et vous allez voir comme vous allez être reçu !

- Tu as raison Pascal dis-je en passant naturellement par le tutoiement, ancré dans notre idée que gagner de l'argent est un droit, on vit comme une agression l'idée qu'une loi puisse attenter à cette liberté individuelle.
- Exactement ! Et si tu le fais, ce sera la guerre asséna-t-il convaincu.

- C'est déjà la guerre répliquais-je en souriant.

- Les plus fortunés vont quitter la France, souligna Natacha d'un air désolé.

- La majorité de leur fortune est déjà virtuellement ailleurs, tout le monde sait que le château de cartes va s'effondrer, mais les financiers veulent s'enrichir jusqu'au bout ! Et puis, après tout, qu'ils partent ! Ils ne mettront pas dans leurs bagages, les usines, les routes de France, nos gares, nos aéroports… Il nous faut sortir de cette logique imposée par tous les gouvernements qui se succèdent d'un nivellement par le bas. Nous ne proposerons pas pour autant un nivellement par le milieu comme l'entendent de nombreux mouvements égalitaires. Nous proposerons un nivellement par le haut ! Toutes les marges bénéficiaires des entreprises seront reversées de manière proportionnelle à la Concorde Universelle, jusqu'à obtenir un équilibre garantissant le bon fonctionnement des services publics et ce n'est qu'une fois ce juste rapport atteint que les dividendes pourront être récupérés mais afin d'être réinvestis dans la structure elle-même et d'en garantir la pérennité. Je fis une petite pause avant de conclure, une fois toutes ces mesures accomplies, une juste répartition sur l'ensemble des salaires pourra être envisagée.

- C'est rigolo ton idée ! concéda l'ancien flic en se grattant le menton, et ce qui n'est pas faux, c'est que tant que tu laisseras aux entrepreneurs l'espoir de s'en mettre plein les fouilles et d'être au top dix des plus grandes fortunes, ils pourront prendre ça comme un challenge.

- Mais tu as raison, enchaina Natacha en se tournant vers son hôte, c'est souvent une perversion narcissique qui déclenche un besoin de thésaurisation concurrentielle.

- Euh… En français ça donne quoi ? questionna Pascal en plissant le nez.

- Le besoin d'être reconnu comme le premier en tout, précisa calmement la psychiatre, fait que la quantité d'argent amassée devient le miroir de la réussite, quelles qu'en soient les conséquences.

- Mais pourquoi pas ! enchaînai-je, l'esprit de concurrence est un vecteur de création puissant chez les êtres humains, c'est à nous de donner à cet attribut des vertus humanistes. L'idée de ces mesures est de nous permettre de garantir à chaque citoyen la possibilité de se loger, de se nourrir et de se vêtir ! N'est-ce pas là, la moindre des choses que se doit d'offrir une communauté démocratique à ses membres ?

- « On boit de bons coups ici, mais ils sont rares ! » s'exclama l'ex policier en levant son verre vide.

  Benjamin bondit hors de son fauteuil comme s'il avait été frappé par la foudre, il se dirigea vers la cuisine en bredouillant un : « Par Bacchus ! Je manque à tous mes devoirs ! »

- C'est rigolo poursuivit Pascal dans un sourire carnassier mais personne n'acceptera ça !

- « Omni enim possibilis » ! Tout est possible ! L'histoire nous montre à quel point, tout ce qui paraissait immuable, ne résiste pas à l'avancée du temps, même les civilisations dont le règne se compte en milliers d'années, ont toutes fini par céder au mouvement, à la simple loi de l'évolution. Tout le monde sait que notre système s'effondre, l'Occident affiche tous les signes d'une civilisation décadente, mais notre capacité de réaction a changé. Depuis l'aube du 20ème siècle, notre civilisation vit une accélération dans tous les domaines, il en est de même de notre capacité à changer le cours de l'histoire, les réseaux sociaux sont capables de mobiliser les énergies à des vitesses phénoménales et sont même capables de fomenter des révolutions ! C'est une question d'union des volontés autour d'un projet en devenir. Tous les artisans de la destinée politique ou religieuse de l'humanité, nous vendent des programmes clefs en main avec des promesses de publicitaires sectaires ! Si « La » solution reposait sur un dogme, il y a belle lurette que l'humanité aurait atteint le bonheur universel. C'est pourquoi l'union évolutionnaire propose à toutes les sensibilités, les associations, les courants, les obédiences, les collectifs… Que sais-je ? Tous ceux qui aspirent à un humanisme philosophique et spirituel, mais qui ont le sentiment de ne plus avancer doivent se regrouper en un seul et unique faisceau et tracer leur propre chemin. L'humanité est une chrysalide qui n'a pas encore déployé ses ailes et qui va s'assécher dans son cocon si elle ne le fait pas.

Le carillon de la sonnette choisit cet instant précis pour tintinnabuler, comme s'il marquait un round dans notre conversation. La porte d'entrée s'ouvrit brusquement et je reconnus la voix de Paolo, le mari de Benjamin. Il fit son entrée dans le salon avec des tas de victuailles dans les bras et une douzaine de personnes sur les talons.

- Wåldo el Magnifico ! clama-t-il en me toisant comme s'il était surpris de me voir. Ma, quelle surprise de te trouver ici ! Comment vas-tu bello ! Je passais par là avec quelques amis...

Et il se mit en devoir de me présenter toute la clique de ses suivants, alors que l'ambiance générale du lieu avait brutalement changé ! Tout le monde venait déposer sa bouteille et des plats « fait maison » tout en se débarrassant de ses manteaux et en prenant place un peu partout dans un joyeux brouhaha.

J'avais l'étrange conviction de m'être fait piéger !

Il y avait donc Astrid, une jolie rousse au nez mutin étudiante en philo et son copain Marco intermittent du spectacle, le grand Paul, producteur de cinéma en costume trois pièces, Florian, séduisant médecin en chef d'un service de soins palliatifs, la mystérieuse Irina, consultante formatrice dans un domaine qui m'échappa, un grand moustachu costaud forcément syndicaliste, mais dont je ne compris pas le nom, une petite dame de soixante-dix ans au regard pétillant, ancienne reporter de guerre. Marc, Etienne et Norbert : chômeurs. Jean-Baptiste, professeur des écoles à la mèche balayée, Christian avocat et tant d'autres que je cessais de faire un effort mémo-technique pour me souvenir de chacun. Tout ce beau monde s'installait un peu partout en sortant des cahiers de notes et des imprimés qui reprenaient *le journal d'un vagabond* et les *préambules*... Petit à petit, l'agitation générale diminua en intensité, jusqu'à se muer en un silence posé et je me retrouvais sous le feu d'une ribambelle de regards attentifs et interrogateurs.

- C'est à quel sujet ? dis-je en prenant un air étonné, ce qui provoqua une vague de rire sur mon auditoire improvisé.

- Les préambules ! Les préambules ! Les préambules ! scanda l'un des trois chômeurs comme s'il réclamait du pain à la cantine.

Du coup les rires se prolongèrent créant une ambiance potache, propice à un débat comme je les aimais, informel et vivant.

- En fait, c'est quoi exactement les préambules demanda une adolescente de treize ans, au regard intelligent et qui ne m'avait pas été présentée.

Je lui répondis en souriant.

- Quand on est enfant, tout petit enfant, changer le monde est quelque chose de très facile ! Il suffit de trois mots… Trois mots, un regard entendu et tout devient possible ! Je laissais volontairement le silence s'installer, sachant que chacun d'entre eux était en train de faire un voyage dans le passé, à la recherche de cette formule magique, sans doute oubliée… Et comme personne ne semblait se souvenir de quoi il s'agissait, je me penchais légèrement en avant et chuchotais : « On dirait que »… et j'enchaînais : « on dirait que » ce serait la nuit, nous nous serions perdus dans la toundra et réfugiés dans un igloo géant, sombre et glacé. Les chiens de notre traineau seraient épuisés et au loin on entendrait hurler des loups… Et je me mis en devoir de faire avec ma voix les hurlements du loup et la plainte du vent, toujours autant surpris de constater que les trois quarts de l'auditoire, avait ouvert des billes grandes comme des lacs et commencé à croire à la situation avec la même facilité que quand ils étaient petits. Et voilà ! enchaînais-je, en quelques secondes, nous avons modifié la réalité, nous avons ressenti la morsure du froid et l'urgence de la situation qui nous commandait d'agir au plus vite… Je me redressais pour poursuivre, il en est de même avec les préambules de l'union évolutionnaire. Ce sont autant de sources jaillies de notre imagination et qui posent les préalables à la création de notre Concorde. Ils incitent à une transformation profonde et immédiate de notre société. Ils sont les postulats de nos cercles de paroles, les bases de notre devenir, les racines de ce qui constituera les futures résolutions évolutionnaires qui viendront se substituer aux lois de la République. Pour que quelque chose se réalise, il faut commencer par y penser, ensuite il faut y croire, l'idéal c'est de la partager et enfin d'agir pour que cela arrive.

- Ouais ! Et est-ce que je peux foutre ma merde ? demanda avec une voix de stentor le grand costaud moustachu.

- Déjà ? répondis-je spontanément.

- Ouais, j'ai lu le manifeste, y'a un côté Ni-Ni – Préchi Précha ! Ni gauche, ni droite comme si les différences de classes et d'opinions étaient un détail insignifiant et puis d'un autre côté le monde de Oui-Oui ou tout le monde il est beau, tout le monde il est gentil ! Moi j'appelle ça de l'enfumage pour "BoBo" décervelés !

- Dur-Dur ton Bla-Bla ! Mais désolé, il n'y a pas de Ni-Ni ici ! répliquais-je amusé. En fait, c'est plutôt le contraire… Si je devais tomber dans la caricature, je dirais vite fait que la droite c'est : « Chacun pour soi », la gauche : « Chacun pour tous » et concernant l'union évolutionnaire, j'emprunterais volontiers à la Suisse la devise associée à son mythe fondateur et reprise par Alexandre Dumas « Un pour tous, tous pour un ». Nous sommes de droite, de gauche, du centre, croyants, incroyants, riches, pauvres, incultes ou cultivés, valides ou invalides… Le principe de l'union évolutionnaire est de rassembler, pas d'opposer !

Nier les différences, c'est nier le principe de l'existence, l'œuvre est commune et s'articule comme un pentacle autour de cinq axes.

Marco leva la main bien haute en l'agitant pour signifier qu'il voulait répondre. Je l'encourageais du regard. Il se leva et se mit à réciter les cinq axes comme un écolier.

- *L'humanisme, le savoir, la spiritualité...* Euh... il marqua un petit temps en rougissant, surpris et impressionné par sa prise de parole en public... *La créativité et le pacifisme* conclut-il avant de s'incliner dans un salut et sous les applaudissements de quelques-uns.

- Absolument ! acquiesçais-je : *l'humanisme*, car notre première préoccupation, c'est l'épanouissement de la personne humaine, *la philosophie*, car le savoir est une source d'émerveillement infinie et qu'il n'existe aucune limite à notre capacité à apprendre, *la spiritualité*, car rester étranger aux choses de l'âme, ce serait nous amputer d'une partie de nous-mêmes, *la créativité,* car elle porte en elle tous les ingrédients nécessaires à la réalisation de nos rêves et enfin *le pacifisme* parce que, parce que... La violence n'est que l'ultime recours face à la barbarie.

- Je suis de Nouvelle Donne, lança un jeune homme looké hipster, je vous ai vu prendre la parole lors de certaines de nos réunions publiques, pourquoi n'avez-vous pas continué à nos côtés ?
- Pour des tas de raisons déjà évoquées dans mon journal, répliquais-je d'un ton résigné. L'union évolutionnaire n'emprunte pas les chemins de la République. Les citoyens peuvent se réinventer en « Républicain », vanter les mérites d'une VIème République ou effectivement, se retrouver dans le Ni-Ni du gouvernement actuel, mais rien ne

changera véritablement tant que nous ne nous sortirons pas des jupes de notre bonne vieille République ! Les enfants du troisième millénaire ont grandi, l'espace qui s'offre à nous est illimité, le champ des possibles n'a pour frontière que celles fixées par notre imagination, rien ne nous sépare les uns des autres, nous sommes liés à la terre qui est lié au soleil, lui-même lié aux autres étoiles qui sont reliées aux galaxies elles-mêmes !

Je vis du coin de l'œil, le sourcil gauche de Benjamin se relever. À force de nous connaître, je savais que cette réaction spontanée de mon camarade signifiait que je partais trop loin… J'essayais donc tant bien que mal de me reprendre.

- Oui ! Oui, je parle du cosmos ! C'est ma part de spiritualité… Là où certains voient la figure d'un Dieu ou d'autres imaginent un grand architecte ou un rêve-éveillé, je m'efforce de ressentir et de conceptualiser la formidable puissance du cosmos. Quelques yeux autour de moi s'agrandirent simultanément. Et voilà ! constatais-je, il suffit que l'on aborde un tant soit peu l'aspect spirituel des choses pour que l'on se retrouve costumé ! Ah si ! m'exclamais-je en riant je vous assure ! À l'instant, dans le regard de quelques-uns, je me suis vu vêtu d'une toge rouge et avec autour du cou, un collier orné de symboles cabalistiques !... Pourtant, comprendre que « tout est dans tout », c'est accepter le principe même de l'union évolutionnaire. Ne perdons pas de vue que le nez rivé dans nos épreuves pour les plus démunis ou aveuglé par le confort matériel pour les mieux nantis, nous oublions de prendre de la hauteur et de considérer que la part d'inconnu qui est « en nous » et celle qui est « en dehors de nous » sont liées et qu'elles abritent pareillement les clefs de notre évolution…

- Alors vous avez un programme spatial, j'imagine ? lança le professeur des écoles, suscitant parmi les convives un bruissement moqueur.

- Mais ce n'est pas « dénudé » de sens dis-je en accentuant mon lapsus, il semble logique que cela soit l'Homo-*spatien* qui succèdera à l'Homo-sapiens ! La terre est trop étroite, il est de notre devoir de la préserver le plus longtemps possible tout en nous préparant à la quitter

- Dans le journal d'un vagabond enchaîna la jolie rousse, vous insistez beaucoup sur le fait que la priorité c'est d'avoir un toit, vous avez avancé là-dessus ?

- Oui… C'est un peu technique, mais globalement l'idée est de commencer par une mainmise citoyenne et temporaire des logements inoccupés ainsi qu'une baisse immédiate et obligatoire de tous les loyers à l'échelle nationale.

- Mais enfin s'indigna l'avocat, vous n'avez pas le droit de réquisitionner des biens privés, la propriété est considérée par la constitution comme : « un droit inviolable et sacré dont nul ne peut être privé… »

- « Sauf si la nécessité publique l'exige » répliquais-je et elle l'exige au regard des milliers de personnes sans logement ! Nous mettrons en application un réajustement des loyers, de tous les biens immobiliers en location, qui ont été soldés par leurs propriétaires sur l'ensemble du territoire. Cela se traduira par une baisse immédiate de 45 à 65 % en fonction du prix du loyer appliqué par les propriétaires.

- Mais ? Comment feront les propriétaires pour rembourser leurs crédits ?

- Le remboursement des traites des propriétaires sera rééchelonné en conséquence. Il faut bien se rendre compte qu'une baisse de 45 à 65 % du prix des loyers aura pour effet une augmentation immédiate du sacro-saint pouvoir d'achat, c'est comme si on faisait une piqure de stéroïdes anabolisants à notre économie ! Simultanément nous appliquerions une mainmise citoyenne temporaire de tous les appartements vides qui s'ajouteraient à la détention d'une résidence secondaire et nous en organiserons la mise en location immédiate sur la totalité du territoire. L'ensemble de ses mesures seraient prises pour une durée minimale de trois ans reconductibles. En fait, nous reviendrions à un équilibre locatif qui serait simplement normal ! La libéralisation des prix de locations et d'achats du parc locatif est non seulement une vaste escroquerie, mais c'est une mise à genoux de tous les démunis par les possédants. Une notion totalement inadmissible au regard de la notion d'égalité !

- Ah ! Ah ! ricana le syndicaliste, je croyais que la République était moribonde !

- La République est moribonde, mais pas les symboles qui en sont le fondement.

C'est l'instant que choisit l'instituteur pour redonner de la voix.

- À propos de fondements, c'est par l'enfance que tout commence, quelles sont vos propositions concernant l'éducation ?

- Waouh ! On pourrait passer tellement de temps à en parler ! Mais notre préambule est le suivant : une rénovation totale du système scolaire inspiré par l'anthroposophie. Nous travaillons à l'idée d'un enseignement où la transmission des savoirs « classiques » se poursuivrait de manière créative en tissant des liens continus entre l'artistique, le corporel et le spirituel. Un apprentissage beaucoup moins passif avec moins d'heures de cours, des révisions collectives qui se substitueraient aux devoirs, beaucoup plus d'activités physiques et des implications civiques et sociales. C'est une torture physique et morale que de confiner dans une salle de classe, chevillés à leurs chaises des heures durant, des enfants de cinq à seize ans ! L'enseignement se devra d'accorder autant d'attention au « savoir-faire » qu'au « savoir-être », autant de valeur à l'intelligence intellectuelle qu'émotionnelle et spirituelle. L'éducation sera ludique et tangible… Combien d'élèves passent au travers des maths, de l'histoire ou du latin simplement parce qu'ils n'en comprennent pas l'utilité ! Il est primordial de proposer des applications immédiates et concrètes des acquis et cela même « hors des murs » et dès leur plus jeune âge.

- Bon courage pour bouger le dinosaure ricana le Jean-Baptiste.

- Il en faudra oui ! Il faut beaucoup de courage pour affronter un vrai changement, mais comme le dit si tragiquement le poète allemand Kleist : *« Un chêne mort résiste à l'aquilon, qui pourtant terrasse le chêne vivant, parce qu'il trouve une prise dans sa couronne. »* il faudra nous défaire, avant qu'il ne soit trop tard, de nos certitudes, de nos acquis et des lauriers qui nous rassurent.

- Vous nous promettez : « De la sueur, du sang et des larmes », ironisa Jean-Baptiste en prenant l'accent british.

- La sueur de ceux qui bâtissent, répondis-je en souriant, les larmes de ceux qui ont un cœur et un peu de ce sang-là ; de celui que l'on mélange volontiers, lorsqu'il fait de nous des frères ! Oui, il faudra nous réorganiser et travailler ensemble dans des conditions inédites. Nous fédérer au niveau local, produire de quoi subsister à des échelles communo-départementales. Les grandes villes perdront une part de leur monopole, mais nous nous réapproprierons l'ensemble des territoires et le nomadisme économique proposera des nouvelles solutions en termes de transhumance sociale, c'est une autre relation au voyage, à la terre et aux autres qui se développera librement. Cela réanimera nos provinces et donnera du travail à tous. Il s'agira alors d'une véritable décentralisation engagée qui maintiendra la pérennité vitale des populations.

- Et les prisons ? lança une voix sortie de je ne sais où.

- Et l'économie durable ? Et le nucléaire ? renchérit quelqu'un d'autre.

- Et l'Europe dans tout ça ? enchaîna une jeune femme qui ressemblait à une présentatrice du journal télévisé.

Les questions fusaient de toutes parts, soudaines et exaltées, je tâchais de faire face à cette attente de réponses. J'avais le sentiment de contempler une petite famille d'hommes et de femmes angoissés et pétris d'espérances qui se tenaient solidaires et décidés au chevet d'une humanité en quête de remèdes.

- C'est précisément autour de toutes ces questions que les préambules vont reprendre. Il n'existe pas de solutions miracles. C'est la somme de nos compétences qui deviendra providentielle, l'union de nos « savoir-faire » et la puissance de nos volontés. Moi, je ne peux vous répondre que d'un point de vue humaniste, il est évident que les prisons sont trop souvent synonymes d'école du crime, il faut bien évidemment les rénover, en reconstruire pour les désengorger et renvoyer les petits délits vers des écoles « de la deuxième chance ». Créer une charte pénale axée sur la réinsertion, réapprendre aux détenus le goût de vivre par des formations axées sur le « savoir-être », accorder des réductions de peine et des libérations conditionnelles adaptées à des objectifs de réinsertion ciblés. L'économie durable est aussi un sujet passionnant, comme je l'évoquais, il faudrait nous extraire de la consommation de masse et retourner à une économie collaborative et relocalisée, retrouver une culture de l'échange basée sur les savoir-faire locaux. J'ai eu des discussions passionnantes sur ses sujets qui sont bien éloignés de mes compétences et c'est là tout l'intérêt d'une concorde participative, il y a tant de savoirs qui ne demandent qu'à s'exprimer. Un haut degré de connaissances théoriques ne peut s'exercer pleinement que s'il épouse la réalité du terrain et inversement ! C'est en conjuguant nos talents que nous avancerons pas à pas. Et pour la question du nucléaire la réponse est simple, c'est : « Stop ! ». Sortie progressive et définitive du nucléaire accompagné d'un développement parallèle des énergies renouvelables sur le plan national, local et individuel. Il nous faudra plus de trente ans pour nous désengager. Le démantèlement d'un côté et la reconstruction de l'autre, de quoi faire travailler des centaines de milliers de citoyens.

Je marquais une pause et regardais à nouveau tous ces visages tournés vers moi. Dans le silence qui s'installait, j'eus le sentiment brutal que tout ceci était vain. Tant d'espoir et tous ces mots qui s'envolaient comme des nuages ourlés de promesses…

Ce combat était-il réellement le mien ?

Je n'étais qu'un rêveur que la vie avait travesti en conférencier, un conteur devenu tribun malgré lui... Non pas que je doutais de mes convictions, mais comment trouver de quoi vivre, accorder du temps aux siens, continuer à apprendre, lire, découvrir, méditer... et répondre à cette formidable attente ? Comment concilier dévouement public et accomplissement personnel ? Soudain j'eus envie de baisser les bras, de les regarder tous et de déclarer un sourire au coin des lèvres : « Laissez tomber ! Ce sont des conneries tout ça, on s'en fout, vivons, allumons nos derniers feux et dansons nus sans nous préoccuper du lendemain ! Carpe diem ! Après-moi le déluge... Comme disait mon père : *Si tu cherches une main secourable, tu la trouveras au bout de ton bras !* Alors basta ! »

Cela murmurait, on changeait de position, ça toussotait, les corps s'étiraient, l'attente se muait en une sorte de gêne polie.

- Et l'Europe ? redemanda hardiment la présentatrice télé.

- Nous allons la prendre à son propre jeu ! rétorquais-je en chassant mes doutes d'un revers de manche. En réponse au : « Tu rembourses ou t'es viré » des parlementaires européens galvanisés par le modèle allemand nous choisirons le désengagement européen. Nous déclarerons l'annulation immédiate et irréversible de la dette et engagerons tous les pays de l'Union à faire de même par voie démocratique. Nous ne ferons pas « table rase du passé », mais table rase du présent ! L'avenir sera une Europe des peuples au cœur d'un parlement qu'il nous faudra renouveler, nous ne quitterons pas l'Europe, nous l'acculerons à repartir à zéro sur le plan économique, social et culturel. Les peuples n'ont rien à y perdre, ils sont déjà appauvris et condamnés à devenir miséreux, reconstruire redonnera du travail, de l'espoir et de la solidarité. Nous prônerons la « démocratie durable » ! Une démocratie renouvelée au gré des hommes et des femmes qui la composent. Nous serons les acteurs de notre propre évolution, nous ne déléguerons plus à des professionnels de la politique et des finances les rênes de nos destinées. Nous ne serons pas dans « l'exercice du pouvoir », mais dans «l'accomplissement de nos espoirs».

Toutes les questions étaient abordées et j'improvisais souvent mes réponses au risque de me perdre… *Où irait en priorité l'argent débloqué par la redistribution équitable des profits et des salaires ?* À la culture, l'éducation et la santé, nourrissons nos esprits et prenons soin de nos corps ! *Et les réfugiés syriens dans tout ça ?* Chaque village de France et chaque arrondissement des grandes villes sont en capacité d'accueillir au moins deux familles de réfugiés et plus encore dans nos cantons dépeuplés, cela nous laisse de la marge ! Et cela éviterait les concentrations de personnes dans les zones les plus pauvres ou l'on ajoute de la misère à la misère… *Et l'armée ?* Nous imaginons une armée de la paix, forte, dissuasive et exemplaire ! Une armée de défense professionnelle et citoyenne. *Et le port du voile ?* La burka et le niqab sont intolérables en démocratie les hommes et les femmes doivent se présenter à visage découvert, mais l'hidjab ou le tchador se situent au même rang que les coiffes de nos religieuses. Les échanges se poursuivirent ainsi, mais j'incitais de plus en plus les personnes à débattre entre elles. Cet espoir insensé qui consistait à imaginer que je possédais une réponse pour toutes choses me mettait mal à l'aise. Je me sentais obligé de me justifier et en cela je tombais dans les travers que je cherchais à fuir et qui caractérisaient les débats politiques : *ne jamais laisser transparaitre le moindre doute dans ses convictions.* Petit à petit les débats se prolongeaient d'un groupe à l'autre et j'en profitais pour aller me sustenter dans la cuisine en glissant à Benjamin au passage un : « Tu n'es qu'un petit salopard ! ». Je me livrais encore à quelques discussions de passage et je finis par m'éclipser de cette soirée après avoir salué tout le monde…

***

L'air frais me fit du bien, car je ressentais une angoisse sourde… Je ne me sentais pas très à l'aise, emporté par mon enthousiasme, j'avais encore une fois confondu préambules et solutions ! Être évolutionnaire demandait une maitrise de soi que j'étais loin d'avoir atteinte !

Je m'arrêtais pour griffonner dans l'un de mes cahiers une petite phrase insolite qui venait de se former dans mon esprit : *Je crois que la mise en équation de notre imagination marque les étapes d'un savoir sans cesse renouvelé, faisons confiance en nos idées, elles sont le sel de notre devenir et n'imposons rien qui n'ai été au préalable partagé par tous !*

Puis je m'assis sur un banc public.
Je ne sais pas…Il y avait quelque chose de l'îlot dans ces banquettes de bois solidement arrimées au sol, des points d'ancrage offerts aux promeneurs égarés qui venaient s'y poser comme des oiseaux vaincus par la tempête. Je fermais les yeux. Je restais ainsi, bercé par mes propres rumeurs jusqu'à ce que les claquements secs d'une paire de talons féminins viennent accoster mon havre nocturne.

C'était « la présentatrice du journal ».

- Vous avez oublié ça ! me dit-elle en brandissant un de mes nombreux notebooks.

- Le vert, marmonnais-je…

Elle s'assit avec assurance à mes côtés, en croisant élégamment ses longues jambes enchâssées dans un tailleur sombre.

- Vous vous y exercez comme Hemingway à écrire des nouvelles en seulement six mots.

- Vous avez lu ? dis-je sans reproche.

- Les journalistes sont toutes des fouineuses, c'est bien connu.

- Cela aide à rendre la pensée plus concise… J'ai le défaut d'être un grand bavard, au cas où vous ne l'auriez pas remarqué.

En guise de réponse, elle se contenta de commencer à lire quelques-uns de mes 6 mots à voix haute.

- *"Bouquiner m'aide à tourner la page..."* Voilà une chose qui m'est bien souvent arrivée. *"Trop amoureux des nuages, il s'évapora."* C'est autobiographique ?

Je ne pus retenir un sourire.

- Je l'ai écrite pour Benjamin, celle-là.

- *"Des ploucs ploutocrates polluent la planète!"* elle étouffa un rire, l'anticapitalisme en six mots... *"Mon étoile est dyslexique, elle s'étiole..."* C'est joli ça ! Oh... Mais cela devient sensuel dites donc...

Je fis mine sans grande conviction de lui reprendre le cahier.

- *"Cette robe te déshabille à merveille"*... *"Un bruissement d'elle et me voilà..."*... *"Fléchir aux appels d'un corps sage..."* Mazette ! me dit-elle en me jetant un regard coquin. Et celui-ci, un brin narcissique pour un évolutionnaire : *"J'ai bu mon reflet dans l'eau."*

- Bien au contraire répliquais-je faussement outré, boire son reflet une bonne fois pour toutes, vous interdit à jamais de revenir vous contempler.

- J'en ai un pour vous, me dit-elle en me rendant mon cahier : *"Continuez à écrire des beaux mots!"*

- Touché ! répondis-je en souriant.

Nous restâmes un moment sans rien dire. De rares voitures ponctuaient le temps de leurs échappées *bruissantes*...

- Vous êtes plutôt silencieuse pour une journaliste.
- Je mets ma proie en confiance, il faut qu'elle s'habitue à ma présence.

- Pour la télé ?

- Dites donc ! C'est moi qui pose les questions ! Non, pour la radio.

Elle se tourna franchement vers moi et je pris le temps de bien la regarder. Forcément charmante. Une brunette trentenaire, les cheveux remontés en une queue de cheval plutôt haute et un regard sombre qui vous donnait envie de danser le flamenco. Elle se pencha pour sortir de son sac un petit carnet et un crayon. Une petite chaine en argent qu'elle portait autour du cou jaillit de son décolleté révélant une croix chrétienne. Elle surprit mon regard et me demanda d'un air soupçonneux :

- Vous êtes athée bien sûr.

- Je ne suis pas athée répondis-je en secouant la tête. D'ailleurs, nier l'existence de Dieu, c'est commencer à la reconnaître, sinon nous n'en parlerions même pas. À partir du moment où l'on formule une idée, elle existe. Vous pouvez ne pas être d'accord avec elle, mais vous ne pouvez pas affirmer qu'elle n'existe pas. Partant du principe que « Tout est dans tout », nier une partie du tout, c'est nier le tout lui-même et par conséquent se nier soi-même. Ne pas croire en Dieu est donc aussi vain que nier l'existence de l'Homme. Dieu est « avant tout », l'inexplicable ! Il est lié à l'expression d'une crainte inaliénable de la nature humaine : la peur de la mort. Vais-je survivre à moi-même ? Serais-je encore, lorsque je ne serais plus ? Dieu est « en soi » un questionnement éternel face à l'inconnu. Le symbole de Dieu devrait être un point d'interrogation (?). On peut s'insurger de la manière dont les hommes prétendent expliquer la « vraie » nature de Dieu, on peut rire de cette posture qui consiste à promettre systématiquement le salut de l'âme, on peut se révolter contre les dogmes qui ne font qu'imposer par la séduction, l'endoctrinement ou la barbarie, l'idée étriquée d'une voie unique et universelle…

- Et oui donc ? m'interrompit-elle impatiemment, cela signifie-t-il que toutes les religions sont bonnes à jeter à la poubelle ?

- Il n'existe pas de bennes assez grandes ! dis-je en riant. Mais non ! Je plaisante ! Quelle folie ! Les religions doivent s'exercer en toute liberté de cultes dès lors qu'elles n'incitent pas à la haine ou à la discrimination. Étais-je intarissable ? J'avais fui la soirée et à peine quelques minutes plus tard, assis sur un banc public, je me lançais dans une interview au beau milieu de la nuit… Il me semble important de proposer une *polyspiritualité* c'est-à-dire une spiritualité ouverte à toutes les pratiques qui conduisent vers ce qu'il n'est pas nécessaire de nommer… Je me fis rire moi-même… Pardon ! Mais j'ai toujours été frappé par cette histoire de YHWH. Vous savez ce « tapage » fait autour du nom de Dieu qui ne devrait jamais être prononcé sous prétexte que cela déclencherait la colère des Cieux ! C'est d'ailleurs de là que nous vient notre fameux : « Nom de dieu ! » précisais-je en m'exclamant, une expression bien pratique pour jurer sans s'attirer les foudres célestes !… Eh oui ! « C'est celui qui l'a dit qui y est » : en enfer ! Je ris de nouveau, hilarité que ne semblait pas vouloir partager mon interlocutrice. Je m'excuse, mais je viens de réaliser que ce n'est pas qu'il faille « taire » le nom de dieu, c'est plutôt qu'il est inutile de « le nommer » ! Et que le jour où son nom, quel qu'il soit : Élohim, Jahvé, Jéhova, Allah… Serait utilisé pour justifier les paroles et les actes des prosélytes, la peur puis la haine s'empareraient du cœur des Hommes.

La journaliste tripotait nerveusement sa croix qui renvoyait en éclats furtifs la lumière brisée d'un lampadaire.

- La question n'est plus de croire ou de ne pas croire en l'existence de Dieu ; Dieu est un moyen comme un autre pour parvenir à nous délivrer des limites imposées par le monde physique. Comme mon interlocutrice avait inconsciemment relevé son sourcil droit, je crus bon de préciser ma pensée. Notre vision de la réalité est toujours fractionnée. Quand les humains regardent la voie lactée depuis la terre, ils sont à même de décrire une sorte de poudre étoilée qui traverse une partie du ciel. C'est le travail mené par les astrophysiciens qui nous a permis de déduire qu'il s'agissait de notre galaxie et qu'elle avait la forme d'une spirale. Ces déductions aussi prodigieuses soient-elles demeurent toutefois liées au positionnement et aux perceptions de l'observateur, elles sont instructives, mais demeurent limitées. La spiritualité nous connecte « au-delà » de l'explicable, elle s'affranchit des limites de nos esprits. Avant d'être des terriens, nous sommes des *cosmossiens* ce qui signifie que le cosmos se situe à l'extérieur et à l'intérieur de nous-mêmes et la *polyspritualité* forme un triptyque entre le cosmos, le corps et l'esprit. Je lui souris, notre véritable patrie, c'est l'infini !

- Et l'âme ?

- Disons que l'âme est un esprit qui s'est laissé pousser des ailes… répondis-je d'un ton badin. Je crois que tout est possible en matière de spiritualité et que comme le disent tout bonnement les Amérindiens : « Nous ne nous querellons jamais à propos de religion, car c'est une question qui regarde chacun de nous face au Grand Esprit ».

- Et vous vous imaginez tenir tête aux politiques, aux journalistes et aux débatteurs chevronnés avec votre idéal utopiste ?

- Je ne me pose pas la question en ces termes. Il faut bien s'amuser à déranger le présent si l'on veut transformer l'avenir. Je suis dans l'action, je ne vends pas l'idée d'un monde meilleur, je réagis à celui qui nous entoure et j'en propose une variation immédiate et salutaire.

- C'est votre destinée ?

- Houlà ! Ne me lancez pas sur les chemins de la destinée, c'est une question sans fin !

- C'est-à-dire ?

- Oh la belle question relais ! Vous m'incitez à préciser mes propos tout en me donnant le sentiment que vous vous y intéressez grandement ! Elle me décocha un sourire distant. J'ai un problème avec le destin, dis-je en me passant nerveusement le dos de l'index sous le bout du nez. Comment dire… Le destin joue gros et il a tout parié sur l'immuabilité ! À l'échelle cosmique, notre système solaire va continuer à se déplacer dans l'espace et le cycle des jours et des nuits se succéder pendant encore quelques centaines de millions d'années avec infiniment peu de chance que quelque chose s'y oppose. C'est comme ça que le destin pense gagner, parce qu'il est terriblement routinier !
Je regardais ma montre.

- À cette heure-ci déclarais-je solennellement, je devrais être dans mon lit et dormir profondément. Mais nos corps, comme deux astres qui se croisent ont été soumis à leur propre force d'attraction et nous nous sommes retrouvés ici à discuter ensemble. Sans le savoir, nous avons déjoué les plans du destin, brisé la routine et créé un nouvel espace-temps qui pourrait bien bouleverser l'ordre de nos destinées. Tout ce que nous déciderons de faire à partir de maintenant va générer de l'imprévisible, nous sommes en train de fabriquer de l'antidestin !

- C'est une technique de drague ?

- Pas du tout ! répliquais-je surpris tout en réalisant l'ambiguïté de mes propos. J'avais le sentiment d'être Mowgli face au serpent Kaa. C'est pour vous dire qu'à partir du moment où j'aurais rejoint mon lit et avant que mon réveil ne sonne, je vais progressivement - de par mon inaction - réajuster ma trajectoire dans l'espace-temps et à mon réveil, je redeviendrais prévisible.

- Vous n'avez pas répondu à ma question insista-t-elle en se tapotant les lèvres du bout de son crayon. Considérez-vous que mener l'union évolutionnaire est votre destinée ?

- J'ai la destinée d'une asymptote, je tends vers quelque chose que je ne pourrais jamais atteindre, mais ça tombe bien, c'est le voyage qui m'intéresse… Je me demande même si… Si je ne devrais pas en faire une odyssée ? Une sorte de tragédie prophétique, un conte, une histoire dont chaque citoyen serait le héros ! déclamais-je en riant, une œuvre protéiforme qui se déroulerait sous le regard des citoyens qui deviendraient eux-mêmes acteurs de ce spectacle permanent !

- Mais oui ! s'écria-t-elle ravie. Ça ! Cela ferait un bon scoop !

- Je ne crois pas, non.

Il y eut comme une explosion, on aurait dit un gros pétard du 14 juillet. Nous échangeâmes un regard incrédule alors qu'au loin retentissait une rafale d'arme automatique. L'instant d'après, nous étions debout, saisis d'effroi.

- Oh non… Pas encore… murmura-t-elle sans s'en rendre compte.

Au lieu de fuir, nous étions déjà en train de courir vers les détonations. Un taxi Uber entamait une marche arrière dans la rue que nous remontions. On nous cria d'un balcon : « N'y allez pas ! Ça tire à la kalachnikov ! »

Mais nous courions, aveugles et sourds, inconscients du danger, des larmes glacées coulant déjà sur nos joues. Inutiles et impuissants, sacrifiés sur l'autel de la barbarie ; imaginions-nous que nos corps allaient faire rempart aux balles ?... Nous ne pensions pas, nous étions deux corps en action, deux bêtes poussées par leur instinct, je bondis sur le premier des assaillants et lui arrachait sa mitraillette que je retournais contre lui, il s'écroula sur le sol les mains levées en signe de reddition, j'en profitais pour assommer le deuxième d'un coup de crosse, d'un coup d'œil je vis que le troisième homme gisait sur le sol, face contre terre, le bras retourné dans le dos par la journaliste qui était parvenue à le maitriser….

***

Le 13 novembre 2015

Malheureusement, cela ne se passe jamais ainsi... Je ne suis qu'une plume face à la barbarie. J'ai posé une rose rue de Charonne et j'ai pleuré.

La démocratie est en danger de mort. Nous sommes devenus les cibles privilégiées de la radicalisation islamique. C'est en partie dû au fait que nous vivons dans une démocratie capitaliste contrôlée par des ploutocrates mondialistes qui utilisent depuis des années le Moyen-Orient dans le seul but de s'enrichir.

Nous ne pouvons plus ignorer la menace. Mais c'est une démocratie humaniste qui doit prendre le relais. Une démocratie humaniste doit savoir faire la part des choses et ne pas céder aux amalgames. Les arabes ne sont pas tous musulmans et les musulmans ne sont pas tous des islamistes radicalisés, si cela semble une évidence pour certains d'entre nous, l'aveuglement provoqué par la douleur et la peur conduit beaucoup d'autres à une radicalisation opposée.

Une démocratie humaniste se doit d'être intraitable avec les prédicateurs et les extrémistes qui en sont le bras armé, ils doivent être combattus avec la plus extrême autorité. La liberté de culte ne veut pas dire la liberté d'incitations à la haine, à la discrimination et à la xénophobie. Les Imans qui se livrent à ces endoctrinements doivent être jugés ct interdits d'exercer. La démocratie est basée sur la confiance et le respect de l'autre, c'est dans cette brèche à cœur ouvert que s'infiltrent ses ennemis. Il ne peut y avoir de magnanimité envers ceux qui utilisent cette confiance pour se livrer à des assassinats de masse. Il ne peut y avoir de magnanimité contre l'obscurantisme engendré par cet islamo-fascisme qui tente de créer un nouvel ordre mondial.

Nous serons prochainement unis dans un rassemblement citoyen comme nous l'avons été pour « Charlie Hebdo » nous sortirons dans les rues et nous irons dans tous les prochains concerts de Rock qui auront lieu dans la capitale, nous continuerons de pleurer, mais de rire aussi et de réfléchir aux moyens de faire face à l'abomination sans y perdre notre attachement à bâtir un monde ouvert à tous, mais qui ne cédera jamais face aux tyrannies.

La lutte ne fait que commencer.

Mai 2017

Acte 3

En mai 2057, nous avons découvert l'existence d'un paradoxe temporel en mai 2017.

Une déformation de l'espace et du temps, au cœur de notre galaxie, provoquée par un trop-plein de « matière noire » dirait les physiciens, « d'idées noires » diraient les philosophes.

Il fallait agir et vite !

Personne n'allait accorder la moindre attention à l'union évolutionnaire, nous n'allions représenter qu'une mouvance altermondialiste de plus, un courant de libres penseurs noyé dans l'activité constante des réseaux d'où n'émergeraient que des concepts passagers, aussitôt submergés par de nouveaux flux de données.

Notre monde allait disparaitre !

J'étais condamné à me réinventer, à faire du « Journal d'un vagabond » une œuvre prolongée par l'engagement de chaque citoyen, une création artistique d'un genre nouveau, portée par une idée évolutionnaire…

J'allais devoir me jouer de l'espace et du temps, emprunter un trou de vers, prendre un raccourci dont la densité piégeait jusqu'à la lumière. J'allais confier ma pensée aux écumes quantiques afin de me reconnecter avec moi-même quarante ans plus tôt.

Une folie !

Les probabilistes de Travel Time Evolution se chargeraient de me garder dans un état hypnotique, sans vraiment savoir si j'allais conserver toute ma conscience. Ils n'auraient d'autres alternatives que de suivre ma progression grâce à « Dream-Catcher », le tout premier translateur d'imagerie bio-numérique jamais inventé.

Quelques proches m'avaient accompagné avant le « grand départ ».

Pendant le décompte, Yildiz, l'ancienne porte-parole de l'union évolutionnaire s'est penchée vers moi et la fine chaine d'argent qu'elle portait autour du cou s'est détachée, dévoilant un petit pendentif en forme de **Å**, le symbole de ralliement des évolutionnaires.

Nous avons tous les deux souri, elle a appuyé sa main contre mon buste et m'a murmuré au creux de l'oreille :

« Que les nébuleuses te chatouillent... »

À Rosaleen, Robin et Lorna.

Petit glossaire, non exhaustif, de néologismes évolutionnaires :

Alternaute : Personne qui expérimente en pratique, des alternatives sociales, culturelles, politiques et artistiques.

Cupitalisme : pathologie qui conduit le malade à utiliser tous les moyens possibles pour assouvir un insatiable besoin de richesses.

Homo-spatien : Être humain qui se situe dans l'échelle de l'évolution après l'homo sapiens et qui est destiné à vivre dans l'espace.

Cosmossien : Adepte de la polyspiritualité évolutionnaire qui considère que le cosmos se situe à l'extérieur et à l'intérieur de nous-mêmes et qu'il forme un triptyque avec le corps, l'âme et l'esprit.

Polyspiritualité : Préambule évolutionnaire qui considère que la spiritualité est en toutes choses et que les religions, la pensée, les arts ne sont que des outils pour se connecter avec ce qu'il n'est pas nécessaire de nommer.

À propos de l'auteur

Acteur familier, réalisateur au "long-court", écrivain en jachère, conférencier de passage, libre penseur et chevaucheur de nuages.

Frédéric Darie est enfant de la balle qui a grandi auprès de parents comédiens avant de passer tout naturellement des planches à la télévision où il a mené carrière pendant près de 20 ans.

Il a dirigé pendant plusieurs années une société de productions spécialisée dans le film d'entreprise et la formation et a également produit et réalisé de nombreux courts-métrages.

Titulaire d'un diplôme d'enseignement du théâtre, il a animé des stages destinés aux acteurs et depuis plus de 10 ans intervient dans le domaine professionnel et public comme formateur et conférencier, spécialisé en vulnérabilité humaine.

Sa carrière éclectique est à l'image de l'adaptation artistique et pluridisciplinaire du « journal d'un vagabond » dont il est également le metteur en scène.

Retrouver l'adaptation du journal d'un vagabond par la compagnie

Les Hisseurs du Cri du Hibou

www.les-hisseurs.com